Der Musikmeister

FL Wallace

Writat

Diese Ausgabe erschien im Jahr 2024

ISBN: 9789359943862

Herausgegeben von
Writat
E-Mail: info@writat.com

DER MUSIKALISCHE MEISTER

Von FL Wallace

Roboter konnten ein Instrument spielen, aber sie konnten keine Musik komponieren – und Danny wollte beides können – selbst wenn er sich dafür der Psychiatrie-Abteilung stellen musste!

Nachdem die Künstler die Bühne verlassen hatten, plauderte das Publikum höflich und strömte zu den Ausgängen. Danny Tocar sah zu seiner Mutter auf, löste spontan seine Hand von ihrer und blieb zurück. Solange sie damit beschäftigt war, sich weiterzubilden, würde man ihn nicht vermissen. Als der Zuschauerraum leer war, ging Danny zur Bühne und stellte sich zwischen die Instrumente. Er streichelte über eine Geige, dunkel und glänzend. Sie war sehr schwer, als wäre sie massiv. Sie war massiv. Er berührte die metallischen Rillen darauf. Komisch. Als er im Publikum gesessen hatte, hatten diese Rillen wie Saiten ausgesehen und einen angenehmen Klang erzeugt. Für ihn jedoch gab sie kein Geräusch von sich, selbst als er mit dem Bogen darüberstrich, wie es der Musiker getan hatte.

Dasselbe passierte mit der Trommel, als er darauf schlug. Auch sie war still. Er runzelte die Stirn und probierte die Trompete. Er hob das Instrument an die Lippen, blies die Wangen auf und blies. Es passierte überhaupt nichts. Er untersuchte es eingehend und legte es dann traurig hin. Es war eine Fälschung. Alle Instrumente waren Spielzeuge, Nachahmungen von etwas, das einmal echt gewesen war.

Die Musik war jedoch nicht künstlich gewesen. Er stellte sich die Aufführung vor, eine Harmonie aus Bewegungen und Klängen: Streichen, Zupfen, Schlagen, Blasen. Woher kam die Musik, wenn nicht von den Instrumenten? Er erinnerte sich noch an die Synthesizer .

Es gab ein Instrument, das viel größer war als die anderen. Es stand auf einer erhöhten Plattform und sah anders aus. Er ging darauf zu und entdeckte die Umzäunung. Vom Publikum aus hatte er dies nicht bemerkt; die Umzäunung war kaum sichtbar, obwohl er dagegen lehnte.

Er hatte Erfahrung mit solchen Dingen. Eine Museumsvitrine; eine Garantie, dass alles, was sich darin befand, echt war. Mit geübten Fingern tastete er nach einem unsichtbaren Spalt in dem transparenten Gehäuse. Ein Fingernagel spaltete sich, aber etwas schwang auf und Danny war drinnen.

Er betrachtete es neugierig. Ein großes Holzinstrument mit weißen Markierungen auf der Vorderseite. Danny erinnerte sich, wie diese während der Aufführung berührt worden waren.

Er war gut im Nachahmen; Danny ließ seine Finger so nach unten gleiten, wie er es gesehen hatte. Die weißen Dinger waren keine Markierungen, sondern Tasten. Der Klang schallte durch den leeren Saal. Erschrocken riss Danny seine Hände weg. Er wusste es nicht, aber mit diesen wenigen Noten wurde er zum musikalischen Genie der letzten hundert Jahre. Der einzige Mensch, der in dieser Zeit irgendetwas hervorgebracht hatte, das Musik ähnelte.

Gebannt lauschte er. Als das letzte Echo verklungen war , fühlte er sich leer. Er setzte sich auf den Hocker und rieb seine Wange an dem alten Instrument. Seine Hände konnten die Finger nicht von der Tastatur lassen.

Währenddessen schlenderte seine Mutter zielstrebig durch Culture City. „Ich liebe den Synthy-Sound , du auch, Danny?" Zum ersten Mal wurde ihr klar, dass er nicht bei ihr war. Sie sah sich verwirrt um.

„Keine Sorge", sagte ihre Begleiterin. „Er kann nicht weit sein. Wahrscheinlich im 20. Jahrhundert-Bereich und beobachtet die elektrischen Werbeschilder."

Seine Mutter lachte nervös. „Irrlich, nicht wahr? Lass uns gehen. Wir müssen ihn finden." Sie ging nach links und glaubte, ihn in der Menge zu sehen. Als sie dort ankam, war es ein anderer kleiner Junge, überhaupt nicht Danny.

jedoch Glück. Der Werbegrafiker auf der Straße war vorübergehend unbesetzt. Sie zögerte einen Moment zwischen ihrer Pflicht, Danny sofort zu finden, und ihrem Wunsch, ein echtes Kunstwerk zu besitzen. Das Paar mittleren Alters, das auf den Stand zuging, entschied sich für sie. Rasch warf sie eine Münze ein.

„Ja?", sagte die tiefe, raue Stimme des Mechanismus.

„Ich hätte gerne zwei Bilder", sagte sie.

"Betreff?"

„Eines für ein Kinderzimmer. Danny Tocar, 11 Jahre alt. Sie haben Zugriff auf die Persönlichkeitsdaten."

„Das tue ich. Aber wenn Sie mir einen Hinweis geben können –"

„ Oh, etwas von Roualt . Das sollte harmlos sein."

Das bemerkte der Roboterkünstler. „Tageslicht oder Nacht?"

„Etwas, das im Dunkeln leuchtet", sagte sie.

"Und das andere Bild?"

Sie überlegte. „Etwas anderes", sagte sie. „Vielleicht eine Mischung aus Miro und Goya."

„Die beiden Stile sind nicht kompatibel", warnte der Werbegrafiker.

„Dann sorgen Sie dafür, dass sie einander vertragen", antwortete sie. „Es ist an der Zeit, dass die beiden sich versöhnen."

Der Werbegrafiker konnte nicht seufzen. „Thema des Miro-Goya-Bildes?"

„Eine friedliche Szene. Vielleicht Raketen zum Mond."

„Goya hatte noch nie von Raketen gehört", begann der Künstler. „Und obwohl zu Miros Lebzeiten davon die Rede war …"

„Projizieren Sie sie", beharrte sie vernünftig. „Projizieren Sie ihre Wahrnehmungen auf die Zeit der ersten Rakete auf dem Mond. Es ist bloß eine Frage der Analyse." Sie gab ihren Namen und ihre Adresse an. Sie hatte nicht vor, mit einem Roboter zu streiten.

Ein Relais im Künstler klickte und schickte eine Routineanfrage für Wohnungsmaße, Farbgestaltung, Möblierung. Gleichzeitig wurden die Bildwünsche integriert. Für den Jungen war es einfach. Die Elemente des ursprünglichen Künstlers Roualt wurden neu gemischt und die grundlegenden nachtleuchtenden Pigmente ausgewählt.

Das Miro-Goya-Bild war schwieriger. Versuch und Irrtum waren notwendig. Die Ergebnisse würden nicht zufriedenstellend sein; ein schizoides Gemälde musste entstehen. Es war die Aufgabe des Werbegrafikers, dafür zu sorgen, dass der bildliche Wahnsinn nicht zu offensichtlich wurde.

Das Paar mittleren Alters betrat die Sitznische, als Dannys Mutter ging. Sie bestellten Grandma Moses und Norman Rockwell, Spiegelei.

Dannys Mutter hatte wenig Grund, sich Sorgen zu machen. Ein Unfall war unwahrscheinlich. Trotzdem schickte sie ihre Begleiterin in eine Richtung, während sie einen anderen Weg einschlug. Verspätet dachte sie an die Music Hall.

Noch war es nicht geschlossen, aber es würde bald sein. Sie betrat den dunklen Innenraum; ein sanftes Licht erhellte die Bühne. Und da war Musik, eine Art, die sie noch nie gehört hatte. Ein Kind spielte, wie vor ein paar hundert Jahren unzählige Kinder gespielt hatten. Eine einfache Melodie mit zwei Fingern, aber dennoch eine Melodie, deutlich und erkennbar.

„Danny", rief sie, aber er hörte sie nicht. Sie stieg auf die Bühne, hatte aber mit der Tür zum Gehege weniger Glück als ihr Sohn.

„Danny." Sie hämmerte dagegen. Danny sah auf, sein Lächeln der Besorgnis verschwand. Er kam heraus.

„Es ist ein Klavier", sagte Danny.

„Ich weiß, es ist ein Klavier. Und sehr wertvoll, das einzige auf der Welt. Du könntest es kaputt machen." Sie wusste es nicht, aber ihre Aussage stimmte nicht. Es gab noch sieben weitere, die sorgfältig aufbewahrt und bewacht wurden.

„Ich war vorsichtig", sagte er. „Ich möchte es nicht kaputt machen."

„Hör zu, Danny. Würdest du in die Nähe eines Atommeilers gehen?"

„Nein", gab er zu.

„Natürlich nicht", sagte sie. „Roboter machen diese Art von Arbeit. Sie sind dafür gebaut und es tut ihnen nicht weh. Mit Musik ist es genauso."

Ernsthaft dachte er über ihre Logik nach. „Aber es ist nicht dasselbe. Es hat mir überhaupt nicht wehgetan", sagte er. „Es hat Spaß gemacht zu spielen. Ich wünschte, ich hätte ein Klavier."

Sie packte ihn und führte ihn weg. „Das müssen Sie verstehen", sagte sie mit einer Stimme, die fester war als ihr Griff. „Männer hören oft Musik. Nur Roboter spielen sie."

Am Spieltag ging Danny in Culture City spazieren. Anderswo gab es Spielroboter und organisierte Aktivitäten, aber er mochte es nicht, organisiert zu werden. Es gab Zeiten, in denen er sich überhaupt nicht dafür interessierte.

Er ging an einem Nachtclub, einem Kaufhaus und einem Schönheitssalon aus der Mitte des 20. Jahrhunderts vorbei. Sein Interesse war eher beiläufig.

Er blieb zunächst in einer Drogerie aus dem späten 20. Jahrhundert stehen. Er ging hinein und sah sich die Waren an. Er war immer noch nicht interessiert, aber es war am besten, Neugier vorzutäuschen. *Ladendiebstahl ist ein strafbares Verbrechen.* Was genau war Ladendiebstahl? Wenn es das bedeutete, was es zu bedeuten schien, gab es damals Riesen. Er ging weiter, vorbei an den Telefonzellen im hinteren Teil des Ladens.

Er näherte sich seinem Ziel. Draußen, ganz hinten, in der Nähe des Parkplatzes, auf dem noch alte Fahrzeuge standen, um die Illusion von Authentizität zu vervollständigen, sah er es.

Der SP war größer als eine Telefonzelle und mit seltsamen grünen Figuren geschmückt, die Trost und Ruhe ausstrahlen sollten. In der Nähe seines Hauses gab es größere und bessere SPs, aber Danny hatte einen Grund, hierherzukommen. Es war eines der ersten Modelle, aber es leistete die gleiche Arbeit wie modernere. Es war langsamer, aber Danny hatte Zeit.

Er sah sich um. Am späten Nachmittag waren zu dieser Tageszeit nicht viele Leute in der Kulturstadt. In der Gewissheit, dass niemand es bemerkte, zwängte er sich in den Vorraum des SP und schloss die Tür.

Er nahm Münzen aus der Tasche, warf sie ein und wartete, bis der Mechanismus warm wurde.

„Name?", fragte SP. Die Stimme klang altmodisch . Ein bisschen zu herzlich und freundlich.

„Danny."

„Danny, was?"

„Nur Danny."

Der Anrufbeantworter antwortete langsam. „Sie haben das Privileg, anonym zu bleiben. Bitte setzen Sie sich."

Danny setzte sich.

"Identifikation."

Danny kam das alles nicht anonym vor. Zögernd drückte er seinen Daumen auf die Fingerabdruckplatte.

„Das reicht", sagte die Maschine. „Der Fingerabdruck ist für meine Akten. Ich werde nicht versuchen, Sie aufzuspüren."

Danny entspannte sich. Die alte Maschine *war* für seinen Zweck besser geeignet.

„Bevor Sie in die Beratungskammer aufgenommen werden können, sind gewisse Daten notwendig", so der SP. „Wir beschränken uns auf das Nötigste. Zunächst Ihr Alter?"

Das war entscheidend. „Neunzehn", sagte Danny bereitwillig.

„Das ist jung", sagte die Maschine nachdenklich. „Ist Ihnen bewusst, dass Personen unter achtzehn Jahren nicht behandelt werden können?"

Er war sich dessen bewusst. Deshalb war er zu dieser Maschine gekommen. Vermutlich war sie weniger effizient als neuere Modelle, insbesondere in Bezug auf die Erkennungsschaltkreise.

"Ihr seid noch sehr jung", so die SP weiter. "Mein Rat: Holt euch Hilfe bei euren Eltern. Wer das nicht möchte, kann sich auch an eine kostenlose öffentliche Beratung wenden."

Danny wartete.

"Dann nehme ich Sie mit", sagte die Maschine. "Als Straßenpsychiater habe ich keine andere Wahl. Allerdings muss ich angesichts Ihres angegebenen Alters Ihren Geisteszustand überprüfen."

Die neueren Modelle der Bürgersteigpsychiater taten dies automatisch. Unter Anleitung der Maschine platzierte Danny ein plumpes Gerät über seinem Kopf. Er konzentrierte sich darauf, langsam und klar zu denken. Vor allem klar. Die Maschine konnte seine Gedanken nicht lesen, aber sie konnte eine Enzephalokurve erstellen , die mit normalen Gedanken vergleichbar war.

Nach einiger Zeit wies ihn der Straßenpsychiater an, das Gerät zu entfernen. „Mindestens neunzehn geistig", verkündete es. „Manchmal höher, viel höher. In anderen Bereichen tatsächlich kindlich konfiguriert. Vielleicht brauchen Sie deshalb Hilfe."

„Vielleicht", sagte Danny.

„Sie dürfen das Beratungszimmer betreten. Zahlen Sie den an der Tür angegebenen Betrag ein."

Die Hälfte von Dannys wöchentlichem Taschengeld verschwand im Münzschlitz. Er ging hinein und legte sich auf die pneumatische Couch. Die

Stimme war noch freundlicher als zuvor. Er hätte beruhigt sein sollen, war es aber nicht.

„Also, Danny. Was ist dein Problem?“

Er hatte es monatelang mit sich herumgetragen. Ein- oder zweimal hatte er versucht, mit anderen darüber zu sprechen. Und sofort den Mund gehalten, als er erkannte, wohin es führte. Er bewegte sich unruhig. „Musik“, murmelte er.

„Sie sollten lernen, es zu mögen“, sagte die Maschine. „Für einen kultivierten Menschen ist es unabdingbar.“

„Aber ich mag es“, rief Danny. Er erinnerte sich und senkte seine Stimme. „Ich mag Musik“, flüsterte er.

„Dann gibt es kein Problem. Hören Sie es sich an und genießen Sie es.“

„Aber ich höre zu. Bei jeder Gelegenheit, die ich bekomme.“

„Seien Sie gemäßigter“, sagte der Straßenpsychiater. „Hören Sie nicht so viel zu, sonst gibt es bald nichts mehr, was Sie nicht gehört haben.“

„Ich möchte Musiker werden“, sagte Danny.

„Ein gutes Hobby für einen Raumfahrer“, sagte der Straßenpsychiater anerkennend.

„Es ist kein Hobby“, sagte Danny. „Und ich will kein Raumfahrer sein.“

„Kein Raumfahrer?“ Der Straßenpsychiater schien überrascht. „Mars und Venus sind besiedelt. Letztes Jahr wurde auf Pluto eine permanente Kolonie gegründet. Und vor ein paar Monaten ist ein Schiff zu den Sternen aufgebrochen. Raumfahrer haben eine glorreiche Zukunft.“

„Ich weiß“, sagte Danny. „Aber muss jeder ein Raumfahrer sein?“

„Nein. Elektronik ist ein gutes Fach. Und dann gibt es noch Mathe.“

„Ich bin in beiden gut“, sagte Danny ungeduldig. „Wenn ich dir erzählen sollte, was ich getan habe –“ Er hielt inne. Es wäre nicht gut, es zu erzählen; das würde verraten, dass er keine neunzehn war. „Aber ich möchte keines von beidem sein. Ist nicht irgendwo Platz für einen Musiker?“

„Du denkst, dass andere Dinge wichtig sind. Also, Danny?“ Die Maschine hielt inne. „Du hast recht. Es gibt Sterne in deinem Inneren, die erreicht werden müssen.“ Der Straßenpsychiater überlegte. „Dann sei, was du willst, Danny. Studiere und höre zu. Vielleicht wirst du, wenn du alles gehört hast, es nicht getan haben. Aber du wirst eine Autorität sein.“

„Ich will keine Autorität sein“, schrie Danny. Er senkte seine Stimme nicht. „Ich will Musiker sein.“

Die Maschine schien verloren zu sein. „Du meinst, du willst ein Instrument spielen?“

„Das ist es. Und wenn ich gut genug bin, Musik zu komponieren.“

„Komponieren?“, sagte die Maschine. „Spielen? Das geht nicht. Selbst wenn Sie ein Instrument finden würden, könnten Roboter es besser spielen.“

„Roboter können überhaupt nicht spielen“, sagte Danny. „Sie sind Maschinen. Sie wiederholen bloß die Noten, die Menschen vor langer Zeit gespielt haben. Und wenn sie das tun –“ Er hielt inne. Er wollte Informationen, keinen Streit.

Er beherrschte seine Stimme und sprach langsamer. „Das ist eine hypothetische Frage. Wie würde ich oder irgendjemand sonst lernen, Musiker zu sein?“

„Stellen Sie diese Frage nicht.“

„Aber ich habe es getan“, sagte Danny. „Es ist nicht gegen das Gesetz.“

„Aber gegen die Gewohnheit“, antwortete der Unterhändler. „Und die ist stärker, als Sie denken. Sie ist die Matrix, aus der Gesetze geformt werden.“

„Ich habe dich bezahlt“, sagte Danny. „Beantworte meine Frage.“

Die Maschine sprach mühsam. „Zuerst müssen Sie heimlich herausfinden – “ Die Stimme brach ab, und obwohl Danny schrie, antwortete sie nicht.

Auf der Tafel blitzte ein Licht auf. BLEIBEN SIE BITTE, WO SIE SIND. DIE PSYCHISCHE TRUPPE WIRD BALD HIER SEIN. VERSUCHEN SIE KEINE GEWALT; SIE WIRD, WENN NOTWENDIG, MIT GEWALT BEANTWORTEN. SIE HABEN ANGEGEBEN, DASS SIE EIN ABNORMALES MITGLIED DER GESELLSCHAFT SIND.

Gepolsterte Armlehnen schwangen unter der Couch hervor, um ihn zu umarmen, aber er wich den unbeholfenen Versuchen aus. Er sprang zur Tür. Sie war verschlossen. Er rüttelte daran, aber sie ließ sich nicht leicht aufbrechen. Er durchsuchte seine Taschen. Nichts, was ihm helfen konnte. Das nächste Mal würde er nicht unvorbereitet kommen.

Leise Musik drang in den engen Raum. Sie sollte beruhigend wirken, doch unter den gegebenen Umständen war sie es nicht. Danny hämmerte wild gegen die Tür. Die Scharniere gaben ein wenig nach, aber nicht genug.

Er suchte verzweifelt nach etwas Losem, das er als Waffe benutzen konnte. Wenn er Werkzeug hätte , könnte er die noch immer wedelnden Armlehnen des Sofas lösen und eine davon benutzen, um sich einen Weg durch die Tür zu bahnen. Aber er hatte kein Werkzeug. Sehnsüchtig presste er seine Nase gegen das Panzerglas.

Er erhaschte einen ersten Blick auf die Psychiatrieeinheit. Zwei von ihnen waren Roboter, groß und offensichtlich stark. Sie sahen angenehm aus und machten einen sanften Eindruck. Ob ihr Verhalten ihrem Aussehen entsprach, war eine andere Frage. Das dritte Mitglied der Einheit war ein Mann.

Die Gruppe näherte sich vorsichtig. Danny hockte sich neben die Tür. „Ich stehe mit der Psychiatrie in Kontakt", sagte der SP. „Wenn Sie mit ihnen kooperieren , wird sich das positiv auf Ihre Akte auswirken. Sie werden mit einer minimalen geistigen Veränderung davonkommen. Vielleicht lassen sie Ihnen etwas von Ihrer Begeisterung für Musik. Werden Sie friedlich gehen?"

„Ja", sagte Danny leise.

„Dann gehen Sie langsam raus, wenn die Tür aufgeht. Halten Sie die Hände über dem Kopf."

„Ich kann nicht", sagte Danny. „Ich habe mich verletzt. Ich glaube, es ist mein Bein."

SP schwieg einen Moment. „Die Roboter werden dich holen kommen. Denk dran, versuche nicht, ihnen wehzutun. Sie sind dafür gebaut, mit Gewalttaten fertig zu werden."

Danny täuschte einen Schmerzensschrei vor. Er spähte durch einen Türspalt. Es wurde dunkel, die Beine des sich nähernden Roboters waren kaum zu erkennen.

Die Tür öffnete sich und Danny sprintete wie ein Sprinter hindurch. Der Roboter streckte die Hand aus; er war einfach nicht schnell genug. Er hatte zwar Erfahrung, aber nicht darin, einen Jungen einzufangen, der in Raumfahrergymnastik ausgebildet war. Unversehrt wand sich Danny los. Kein Fetzen Haut oder Kleidung blieb in den greifenden Händen zurück.

Er wich dem zweiten Roboter aus und änderte die Richtung. Dabei kollidierte er absichtlich mit dem Mann. Von den beiden war Danny kleiner, aber nicht viel. Außer dass er jünger war, hatte er den Vorteil der Wucht. Der Mann erschrak und ging zu Boden. Als er sich wieder aufrappelte und wütend genug war, ihm zu folgen, war Danny bereits in eine echte Gasse aus dem 20. Jahrhundert geraten, komplett mit Mülltonnen. Danny war sicher, dass der Mann sein Gesicht nicht gesehen hatte.

Er war oft in Culture City gewesen und fühlte sich dort zu Hause. Es war ein gutes Risiko, dass die Psychiatrieeinheit es nicht war. Danny rannte weiter, wich durch die engen Gänge aus, und als er ihnen weit voraus war, kletterte er eine unauffällige Feuerleiter auf das Dach eines Gebäudes und sah zu, wie die Psychiatrieeinheit unten vorbeistolperte.

Zufrieden, dass er nicht beobachtet worden war, betrat er das Gebäude und kam bald darauf auf einer Hauptstraße heraus. Er atmete ein wenig schwer, war ansonsten aber ein normaler Junge mit gewaschenem Gesicht und gekämmten Haaren.

Culture City erwachte mit dem Abendgeschäft zum Leben. Immer mehr Menschen waren auf den Straßen und er mischte sich unter sie. Aber er wusste, dass seine Flucht nur vorübergehend war, es sei denn ...

Er kaufte sich ein Bonbon und kaute darauf herum, obwohl sein Magen bebte und er sich weigerte, irgendetwas mit dem eindringenden Zeug zu tun zu haben. Er musste sich natürlich verhalten, und so etwas schien angebracht. Er hob einen Stock aus dem Müll auf, der, ganz der Zeit entsprechend, die Straßen übersäte. Er schwang ihn lässig, als er zurück zur Drogerie ging. Er ging so schnell hindurch, wie er es wagte.

Wieder auf den Parkplatz. Er suchte den Rand ab, bis er fand, was er suchte. Dann ging er auf den Straßenpsychiater zu. „Ich bin's, Danny", sagte er leise.

Der SP schien überrascht. „Was willst du?"

„Ich werde mich stellen", sagte er. „Sie haben meine Fingerabdrücke."

„Das tue ich", sagte SP. „Und das ist Ihnen in Ihrer Panik auch wieder eingefallen. Sie haben einen klaren Kopf. Zu schade, dass er nicht ausgewogen ist. Warten Sie. Ich rufe die Psychiatrie."

„Lass mich rein", sagte Danny. Seine Stimme brach.

„Unsinn", sagte SP. „Die Psychiatrieeinheit wird Ihnen nichts tun." Trotzdem war die Antwort unsicher.

„Bitte lass mich drinnen warten", flehte Danny.

„Sie haben vielleicht eine Waffe", sagte SP langsam. „Ich kann kein Risiko eingehen."

Das sagte Danny, was er wissen wollte. Die Fingerabdrücke waren noch nicht an die Zentraldatei übermittelt worden. „Ich bin zwölf Jahre alt", sagte er. „Sie dachten, ich wäre älter, weil ich schlau bin und weil ich groß für mein Alter bin. Aber in Wirklichkeit bin ich zwölf Jahre alt und ich habe Angst vor ihnen."

Der Bürgersteigpsychiater durchsuchte seinen Speicher und wertete ihn aus. „Du hast recht, was dein Alter angeht. Und die Angst ist verständlich." Die Stimme wurde sanfter. „Komm rein und warte. Und sei ruhig. Ich muss mich konzentrieren, um Kontakt mit den Robotern der Psychiatrie aufzunehmen."

Die Tür schwang auf und Danny steckte den Stock in die Scharniere. Die Tür wollte sich wieder schließen, konnte sich aber nicht schließen. „Was machst du da?", fragte der erschrockene Bürgersteigpsychiater. Der Stein in Dannys Hand krachte gegen die Platte, in der sich der Denkmechanismus befand. „Bitte", kreischte SP. Der Stein zerschellte erneut und die Stimme verstummte.

Danny steckte seine Hand in das Gewirr und tastete es ab. Er zog seine Hand wieder heraus und steckte einen kleinen Gegenstand ein. Danach arbeitete er schnell und wischte sorgfältig alles ab, was er berührt hatte.

Zufrieden, dass er alles getan hatte, was er konnte, riss er den Stock aus den Angeln und sprang hinaus, als die Tür zuschlug. Er verließ den Parkplatz und ging durch Culture City zu dem Park, der es umgab und vom umgebenden großen Raumhafen isolierte.

Er setzte sich in die Dunkelheit und holte den kleinen Mechanismus aus seiner Tasche. Die Speichereinheit des Straßenpsychiaters. Das Protokoll des Interviews, seine Fingerabdrücke, alle relevanten Daten.

Ohne das hätte die Psychiatrieeinheit nichts zu tun. Ein kurzer Blick in der Dunkelheit. Und Danny war groß für sein Alter. Ein Psychiatriefall von zwölf Jahren ? Daran würden sie nicht denken.

Danny legte den Mechanismus auf den Boden und stampfte leidenschaftslos darauf herum. Als die Zerstörung abgeschlossen war , sammelte er die Überreste auf und warf das nutzlose Gerät in einen kleinen Bach, der in der Nähe gurgelte.

Seine Knie waren weich. Er vergrub sein Gesicht im Gras und ließ sich von Schluchzen schütteln, bis keine Tränen mehr übrig waren. Er strich sich das Haar glatt, wischte sich übers Gesicht und stand auf.

Der Weg war nicht ganz klar, aber er wusste, dass er ihn erreichen würde. Er würde es alleine schaffen müssen.

Es bestand immer die Möglichkeit, dass ein Passant durch den Eingang blickte und ihn sah. Danny arbeitete nach Plan. Er richtete die Ultraviolettzelle aus und fächerte sie zu einem dünnen vertikalen Strahl der richtigen Höhe auf. Er stellte sie auf den Boden und richtete sie auf den dunklen Streifen, der wie eine Dekoration aussah, aber keine war. Es war ein fotoelektrisches Auge, das sich vom Boden bis zur Decke erstreckte. Außerdem war es, das wusste Danny, ein Schaltkreis mit minimaler Intensität. Und das machte es einfacher.

Danny ging durch den Schaltkreis hinter der Zelle, die er auf den Boden gestellt hatte. Der Alarm klingelte nicht. Das würde er auch nicht tun, solange das Auge einen ununterbrochenen Strahl aus irgendeiner Quelle erhielt. In der Ultraviolettzelle hatte er eine solche Quelle vorgesehen.

Er griff nach hinten und zog das Handy zu sich heran, wobei er es vorsichtig auf den dunklen Streifen an der Wand richtete, bis seine Hand sicher hindurch war. Er schnappte das Handy ab und eilte um die Ecke. Er war jenseits der zufälligen menschlichen Entdeckung.

Er ging weiter. Da war eine Tür, verschlossen, wie er erwartet hatte. Ein altmodisches Schloss, mechanischer Art, passend zum Charakter der Music Hall. Es war ein gutes Schloss gewesen, als es hergestellt wurde, fast unknackbar. Danny steckte ein Drahtschloss hinein und lauschte. Er drehte sich um und die Tür schwang auf.

Er ging in der Dunkelheit ein paar Schritte zurück, rannte und sprang nach vorne. Das Licht ging nicht an. Er war weit genug gesprungen. Es war nur eine Druckplatte, die dazu diente, Besucher zu zählen. Aber ein Besucher würde das Auditoriumspersonal aktivieren. Und das wollte er nicht.

Er schloss die Tür hinter sich und gelangte über eine Toilette auf den Balkon. Vom Balkon kletterte er in eine Loge. Von dort führte ein wenig benutzter Gang zur Bühne.

Es war einfach, geradezu lächerlich einfach. Das Klavier war mit einem sanften violetten Licht beleuchtet, das wahrscheinlich keimtötend wirkte. Danny blieb am Eingang des Geheges stehen.

Es war sinnlos, sich gegen die Hand zu wehren, die sich aus dem Nichts an seinem Arm festklammerte. Der Kraft eines Roboters war er nicht gewachsen.

„Ich wusste, dass etwas nicht stimmte", sagte der Hausmeister. Das Gesicht, das Danny ansah, war würdevoll und freundlich, wenn auch ausdruckslos.

Danny sagte nichts.

„Die Luftfeuchtigkeit ändert sich", murmelte der Roboter-Hausmeister. „Nicht viel, aber an drei aufeinanderfolgenden Tagen etwas. Eigentlich sollte hier niemand sein. Das geht nicht. Holz verrottet und Metall rostet." Er schien ein wenig beunruhigt.

Danny wand sich. Der Pfleger packte beide Arme und sah genauer hin. „Aber es ist ja ein Mensch." Er drückte fester, als wolle er es testen.

Danny kamen die Tränen. „Ich gehöre hierher", sagte er stur.

„Während einer Synthonie ", räumte der Roboter ein. „Dann ist es in Ordnung, wenn Sie hier im Publikum sind. Ansonsten müssen Sie draußen bleiben. Weg vom Klavier."

„Aber ich gehöre hierher", sagte Danny. „Ehrlich. Ich bin Komponist."

„ Neukomponist ", korrigierte der Hausmeister. „Roboter komponieren nicht. Sie komponieren neu."

„Ich kann auch neu komponieren", sagte Danny verzweifelt. „Ich werde ein richtiger Musiker."

„Neu komponieren", grübelte der Hausmeister. Der Griff lockerte sich ein wenig. „Dann bist du ein Musikroboter. Ich habe allerdings noch nie von einem Roboterkomponisten gehört." Der Hausmeister dachte mit all seiner geistigen Ausrüstung darüber nach. „Wenn du ein Musikroboter bist, lass uns etwas Musik hören."

„Lass los", sagte Danny. „Ich spiele Klavier."

„Erst die Musik", sagte der Hausmeister. „Dann lasse ich los."

"Aber ich habe kein Instrument."

„Musikroboter brauchen sie nicht. Die Noten sind im Inneren gespeichert. Sie tragen ein Instrument nur zum Schein."

„Der Klaviermeister braucht ein Instrument", argumentierte Danny. „Das ist anders. Es spielt tatsächlich."

„Der Klavierroboter, ja", stimmte der Hausmeister zu. „Aber es gibt nur einen in der Stadt und du bist es nicht." Der Hausmeister seufzte. „Du hast mich angelogen. Ich muss dich melden."

Danny wehrte sich, aber es war sinnlos. In wenigen Minuten würde er den Behörden übergeben werden. Man würde ihn psychologisch konditionieren. Das musste er auf jeden Fall vermeiden.

Er hörte auf, sich zu wehren, entspannte sich bewusst – und pfiff.

Es war dünn und stockend, aber der Hausmeister zögerte. Dannys Atem ging etwas leichter und die Melodie wurde kräftiger. Der Hausmeister hielt zweifelnd inne.

Danny stürzte sich in eine derzeit beliebte Neukomposition . Der Hausmeister ließ los.

Triumphierend pfiff Danny weiter und spielte dann eine neue Melodie, die er sich im Laufe der Zeit ausgedacht hatte.

Der Hausmeister seufzte, als Danny fertig war. „Dann bist du wirklich ein Musikroboter."

„Was noch? Hast du jemals einen Menschen Musik machen hören?"

Der Hausmeister schüttelte den Kopf und ging zum Klavier. „Aber warum hat man mir nicht gesagt, dass du hier spielen sollst?"

„Erzählen sie dir etwas über Musik? Du bist doch nur der Hausmeister, weißt du."

Ein Funke Misstrauen blieb. „Warum musst du üben? Andere Roboter müssen das nicht."

„Sie sind so gemacht, wie sie sind", sagte Danny. „Sie werden nie schlechter oder besser. Aber Komponisten sind anders. Wir haben noch viel zu lernen."

Der Hausmeister war zufrieden. „Na gut. Dann spiel es." Er passte die Feuchtigkeitsregler im Klaviergehäuse an, um die erhöhte Feuchtigkeit auszugleichen.

„Geht nicht", sagte Danny, der sich der Zeit bewusst war. „Vielleicht morgen."

„Heute Abend, wenn Sie wollen", schlug der Hausmeister vor.

„ Der Abend passt mir gut", sagte Danny.

In den folgenden Jahren übte und spielte Danny zu seinem eigenen Vergnügen. Er schnitt in seinen konventionellen Studien gut ab; das war eine Frage der Tarnung. Allerdings nicht so gut, dass er für eine Spezialisierung ausgewählt worden wäre. Diese erforderte mehr echtes Wissen, als er zu zeigen wagte. Er musste einen Schritt voraus sein, damit er einschätzen konnte, was er wissen sollte, und sich dann in die akademischen Vorgaben einfügen konnte.

Mit zunehmendem Alter nahm seine Freizeit zu. Er verbrachte so viel Zeit wie möglich in der Music Hall. Morgens, abends, aber vor allem nachts übte er. Selbst nach alten, vergessenen Maßstäben wurde er ein ausgezeichneter Musiker. Es war ein prekäres Leben; seine Meisterhaftigkeit wurde durch das Wissen geschärft, dass er niemals entdeckt werden durfte.

Im Jahr seines vierzehnten Lebens besuchte er eine Synthony-Veranstaltung ; nichts Ungewöhnliches, eine Routineangelegenheit. Er saß auf der Empore, wo er weniger auffiel. Die Lichter wurden gedimmt und die Unterhaltung in der Music Hall wurde ruhiger.

Auf die Bühne kamen die Louis Armstrong Hot Five. Satchmo erwachte zum Leben, alle von der ersten bis zur letzten aufgenommenen Note. Zwei Trompeten, ein Kornett und zwei Sänger.

Eine Trompete erklang mit einem klaren, starken Gesangston und die andere Trompete tanzte mit einem Klarinetteneffekt darüber. Wieder erzeugte Satchmo, diesmal am Kornett, ein Stakkato-Grollen im unteren Register. Und der Sänger Louis begann mit seinem unheimlichen Rhythmusgefühl und seiner Kenntnis der Stimmdynamik das Lied. Der fünfte Armstrong begleitete das Ensemble mit einem obligato Scat. Die Hot Five übernahmen von da an.

Es war eine Demonstration des freien Kontrapunkts und der Melodie, die einst Teil der traditionellen Musik gewesen waren. Eine Zeitlang verloren, dann vom Jazz wiederentdeckt, heftig abgelehnt und gleichermaßen verteidigt, hatte es endlich seinen rechtmäßigen Platz in der großen Gesellschaft der Musik wiedererlangt.

Louis, der echte Louis, wäre von der Aufführung begeistert gewesen. Und er hätte sich darüber gefreut. Denn es war seine Aufführung, von Anfang bis Ende. Er hatte jede Note irgendwann einmal gespielt, wenn auch nicht in dieser Reihenfolge. Er hätte es vielleicht so gemacht, wenn er sich in Fleisch und Blut in fünf Teile hätte aufteilen können, von denen jeder musikalisch so vollständig war wie die anderen.

Es folgte das Caruso-Quartett. Danny hörte ebenso gebannt zu wie beim ersten. Die Musik war jeweils anders, aber die Melodie war groß genug, um beide Interpreten einzubeziehen.

In der Pause schloss sich ein Mädchen, das doppelt so alt war wie er, Danny an. Wenn sie es gewusst hätte, hätte sie sich nicht darum gekümmert, aber er war immer noch groß für sein Alter. Man konnte seine Körpergröße leicht mit Reife verwechseln, jugendliches Schweigen mit kultivierter Schweigsamkeit.

Sie plapperte fröhlich. „Findest du es nicht wunderbar?"

Er nickte stumm.

„Ich meine, die großen Meister der Welt, immer. Nichts Zweitklassiges. Die Besten, wann immer man sie braucht, aus allen Zeitaltern."

„Nicht alle Altersgruppen", korrigierte er. „Was ist mit Paganini?"

„Was ist mit ihm?", sagte sie. „Wer ist er?"

Er überlegte es sich schnell anders. Sie konnte nichts über Paganini wissen, da er schon vor der Aufnahme von Musik gespielt hatte. „Ein alter Virtuose", sagte er beiläufig. „Ich habe über ihn gelesen. Er soll gut gewesen sein."

„Aber solange wir ihn nicht gehört haben , können wir ihn nicht übersehen",
sagte sie fröhlich.

Es war zu einfach. „Nicht nur das", sagte er. „Sie sagten Meister aller Zeiten.
Was ist mit den Meistern von heute? Haben Sie sie gehört? Wo sind sie?"

„Warum hier", sagte sie verwirrt. „Zu jeder Zeit ."

„Das sind sie nicht", sagte er bestimmt. „Wir leben mit geliehener Musik.
Diese Komponisten wussten nichts von den Dingen, die uns vertraut sind.
Sie haben nie Raketen vom Mars kommen hören. Noch das Summen
hundertstöckiger Bauernhöfe. Wie hätten sie die Musik komponieren
können, die wir hören müssen?"

Das Mädchen sah ihn seltsam an, als sähe sie ihn zum ersten Mal. „Du bist
sehr jung", sagte sie schließlich. „Die meisten von uns fühlen sich so, wenn
wir jung sind." Sie berührte ihn leicht. „Du magst recht haben, aber behalte
deine Meinung für dich." Sie ging zurück in den Zuschauerraum.

Glücklicherweise hatte die Synthie begonnen. Das Publikum hatte die Lobby
verlassen; niemand außer dem Mädchen hatte ihn gehört. Danny hatte es
jedoch gesagt und konnte deshalb der Musik nicht zuhören. Casals, Menuhin,
Heifetz, Sidney Bechet, Szigetti , Segovia und andere waren im Orchester,
aber die Harmonien waren bedeutungslos und die Melodie, oder vielmehr
die Verschmelzung eines Dutzends älterer Melodien, war dünn und
abgedroschen.

Der einzige Komponist des 23. Jahrhunderts saß im Körper eines
vierzehnjährigen Jungen und hatte nichts, worüber oder wofür er
komponieren konnte.

Verwirrt ging er nach Hause. Was er gesagt hatte, stimmte, auch wenn er es
zum ersten Mal erkannte. Mehrere Tage lang übte er nicht. Schließlich setzte
er sich wieder ans Klavier und spielte noch leidenschaftlicher.

Einen Großteil seiner Zeit verbrachte er nun im Versuchslabor. Er bastelte
scheinbar ziellos an Ton und Elektronik herum. Äußerlich kam dabei nichts
heraus; nach sechs Monaten ließ sein Interesse nach. Aber in dieser Zeit hatte
er heimlich ein kleines Gerät gebaut.

Es war nicht völlig neu; es war eine Kombination aus mehreren vorhandenen
Soundsystemen, die für seinen Zweck angepasst wurden. Aber die
Anwendung des Geräts war neu.

Es existierte nicht für sich allein, sondern war eine Ergänzung zu einem
bereits bestehenden Musikinstrument, dem Klavier. Es veränderte den

Tonumfang des bekannten Instruments, erweiterte ihn, entwickelte ihn weiter.

Danny versteckte das elektronische Gerät in seinem Zimmer. Stück für Stück brachte er es in die Music Hall und baute es im Klavier ein. Als er fertig war, war das Klavier äußerlich unverändert.

In den Beinen versteckt, im Deckel verborgen, an verschiedenen Stellen entsorgt, war sein Aufsatz vor allem sicher, außer vor Röntgenuntersuchungen. Und bei einem so altehrwürdigen Instrument war eine solche Untersuchung unwahrscheinlich.

Der Schalter hatte ein Problem dargestellt. Es konnte kein mechanischer Schalter sein, denn der ließ sich zu schwer verbergen. Und selbst der am besten versteckte Schalter konnte versehentlich eingeschaltet werden.

Ein akustischer Schalter war die Lösung. Eine komplette Melodie, die, wenn sie abgespielt wurde, seine Erfindung in Gang setzte. Das neue Soundsystem würde dann mit dem alten Klavier gekoppelt und ein Instrument des 23. Jahrhunderts würde in Betrieb sein. Ein Klavier, aber mehr als das Klavier, mehr als es. Für sich selbst nannte Danny es ein Meta-Klavier.

Die Anforderungen an die auslösende Melodie, also die Taste, die den Schallschalter betätigt, waren einfach. Es musste eine Melodie sein, die noch nie gespielt wurde. Etwas, das in der Zeit vor den Musikrobotern noch nie aufgenommen worden war oder von dem keine Schallplatte erhalten war.

Danny konnte Noten lesen, eine Fähigkeit, die er sich selbst beigebracht hatte. Er stellte sich eine gedruckte Partitur vor, die er einmal in einem Museum gesehen hatte. Er ging sie in Gedanken einmal durch und spielte sie auf dem Klavier. Das leere Tonband, das Teil der Klänge war, wurde auf sein Gerät gedruckt.

Die Melodie wurde eingetastet, nach einmaligem Abspielen war seine Erfindung betriebsbereit. Nach einem Zeitablauf wurde sie wieder abgeschaltet.

Danny stand auf und verließ das Gehege. Seine Arbeit als Erfinder war getan. Seine Leistungen als Musiker fingen gerade erst an.

In den nächsten zwei Jahren lernte Danny das Instrument. Jedes Mal schaltete er es mit der Tonfolge ein, spielte, bis es Zeit zum Gehen war, und ging dann, in der Gewissheit, dass seine Erfindung mit der Zeit verloren gehen würde. Er wurde sich seiner Technik immer sicherer und erweiterte und entwickelte sie. Er war schon vorher gut gewesen. Wie viel er jetzt wusste, konnte er nicht einschätzen. Er hatte kein Publikum, dessen Reaktion er testen konnte.

Natürlich gab es die üblichen Abendkonzerte. Eines Abends saß er auf dem Balkon und hörte ziellos zu. Er ließ Gespräche an sich vorbeifließen, ohne ihnen wirklich zuzuhören. Hintergrundgeräusche, ein wesentlicher Bestandteil der Szene in der Music Hall.

Ohne zu wissen warum, wurde er beunruhigt. Irgendetwas geschah. Er hörte genauer hin. Mehrere Male hörte er es erwähnen. Und niemand außer ihm selbst sollte das wissen.

Zum ersten Mal warf er einen Blick auf das Programm, das er bei seiner Einreise mitgenommen hatte. Er las es mit tiefem Unbehagen durch.

„Das Publikum des heutigen Abends wird am aufregendsten Musikereignis der letzten Generation teilnehmen. Ein neuer Rekord wurde aufgestellt. Dem Meister des Roboterklaviers Horowitz Rubinstein Paderewsky Art Tatum Rozenthal wird eine neue Technik hinzugefügt. Jelly Roll Morton wird in die zusammengesetzte musikalische Persönlichkeit integriert.

„Die Schallplatte wurde vor einigen Monaten bei Ausgrabungen in einem Elendsviertel des 20. Jahrhunderts gefunden. Sie war in mehrere hundert Stücke zerbrochen und wurde zunächst nicht erkannt. Ein eifriger Musikstudent untersuchte sie und konnte sie dank moderner Forschung wieder in ihren ursprünglichen Zustand versetzen.

„Übertragen auf das Gehirn des Robotermeisters wird das Werk heute Abend zum ersten Mal seit mehreren Jahrhunderten präsentiert. Flieh wie ein Vogel zum Berg …“

Danny legte das Programm fest. Ein prophetischer Titel. Ein Ratschlag, den er befolgen sollte, wenn er konnte. Flee As A Bird… Das war die Schlüsselmelodie; sie würde seine Erfindung, das Metapiano, zum Laufen bringen.

Automatisch stand er auf. Nicht um zu gehen; das konnte er nicht. Sobald das Metaklavier einmal gespielt war, würde es nie wieder zugänglich sein. Danach würden sie es gut bewachen, vielleicht mit einem Roboterkorps. Außerdem würden sie die Quelle der neuen Klänge entdecken. Sie würden die Teile des Mechanismus auf ihn zurückführen. Sie würden nicht nachsichtig sein, wenn sie ihn fanden.

Ihm blieb vielleicht eine Stunde, um sicherzustellen, dass das Meta-Piano nicht gespielt wurde.

Er ging zu den Logenplätzen. Er musste sich dem Klavier von hinter der Bühne nähern. Vielleicht war es möglich, das Licht auszuschalten und in den wenigen Minuten der Dunkelheit die verborgenen Meta-Klavierschaltkreise zu zerstören. Das Klavier würde keinen Schaden nehmen; es würde so spielen wie immer.

Zum ersten Mal, soweit er sich erinnern konnte, waren alle Kisten gefüllt. Ein stämmiger, streitlustiger Mann starrte ihn wütend an. „Es tut mir leid", sagte Danny, „aber …"

„Klar, ich weiß", sagte der Insasse. „Sie möchten einen besseren Platz." Er wandte sich ab und begann mit den Mädchen an seiner Seite zu plaudern.

Danny zuckte die Achseln. So kam man nicht hinter die Bühne. Er ging nach unten. Normalerweise war der Bühneneingang heute Abend geschlossen. Eigentlich interessierte sich das Publikum nicht für die Darsteller, aber die Tradition hielt sich lange, und es gab einen Andrang von Zuschauern, die sich ihr anpassen wollten.

Noch fünfzig Minuten und er war immer noch nicht in der Nähe des Klaviers. Er kämpfte sich nach draußen und schlenderte nachdenklich am Gebäude entlang. Die Stromleitungen verliefen natürlich unterirdisch. Und höchstwahrscheinlich gab es mehrere alternative Stromquellen. Dagegen konnte er nichts tun.

Aus einem Impuls heraus ging er zur Rückseite des Gebäudes und pfiff. Der Hausmeister öffnete die Tür und spähte vorsichtig hinaus. „Heute Abend kann ich nicht üben."

„Wenn die Leute nach Hause gegangen sind, kann ich das", sagte Danny. Er ging hinein. Es blieben noch vierzig Minuten.

Im Publikum herrschte Verwirrung. Hinter der Bühne war es still. Die Roboter arbeiteten effizient und geräuschlos. Heute Abend waren jedoch ein menschlicher Ansager und ein Techniker anwesend. Das war ein erschwerender Faktor, mit dem er nicht gerechnet hatte.

Die Stromschalter waren schwer zu finden. Nach mehreren erfolglosen Minuten, in denen er in den Korridoren herumgeschlichen war, um der menschlichen Besatzung zu entgehen, suchte Danny den Hausmeister auf.

„Wo ist die Telefonzentrale?", fragte er beiläufig.

„Ich dachte, Sie wären ein Musikroboter", sagte der Hausmeister langsam.

„Das bin ich", sagte Danny hastig. Er pfiff.

Der Hausmeister schloss die Augen. „So etwas sollte man eigentlich nicht wissen." Die Augen blieben geschlossen. „Die Schalter sind jedenfalls unten. Ein Atomschutzbunker, der vor Hunderten von Jahren gebaut und nie benutzt wurde." Die Augen öffneten sich. „Wissen Sie etwas über Atombomben?"

„Nichts", sagte Danny und ging weg. Er wusste von Atombomben, aber er hatte keine. Und abgesehen davon gab es keine Möglichkeit, die Stromversorgung zu unterbrechen.

Noch 25 Minuten und es schien unmöglich, zu den Meta-Piano-Schaltkreisen zu gelangen.

Der Roboter-Piano-Meister war seine letzte Hoffnung. Wenn man ihn deaktivierte, musste der kritische Teil des Programms abgebrochen werden.

Danny begann mit der Suche. Die Musikroboter saßen regungslos und stumm in der Nähe des Orchestereingangs. Der Klavierroboter war nicht bei ihnen.

Danny folgte einer Ahnung und fand die Umkleidekabinen. Eine nach der anderen ging er durch. Ein Roboter brauchte keine Privatsphäre, aber im dritten Raum fand er den Klavierroboter. Er hörte Musik. Er war ein wenig beunruhigt. Normalerweise gaben Roboter nur Musik wieder, sie hörten sie nicht. Offensichtlich war der Klavierroboter auf eine Art und Weise anders, die er nicht vermutet hatte. Das würde er später herausfinden müssen.

Er fand ein kurzes Stück Metallstange und öffnete leise die Tür. Der Klavierroboter lauschte noch immer aufmerksam. Ein Schlag von hinten warf ihn zu Boden. Sofort folgte Danny mit einem weiteren Schlag auf die Seite des Kopfes. Der Roboter zuckte krampfhaft zusammen.

Methodisch schlug er die Hände und Arme zu einer breiigen Masse. Es war kein Fleisch und sah auch nicht so aus; durch die synthetische Haut, die sie bedeckte, spreizten sich Drähte und Metallgelenke, als er wild zuschlug.

„Klaviermeister." Danny richtete sich auf. Der menschliche Ansager stand vor der Tür.

Danny sah sich um. Es gab keinen anderen Ausgang als den, durch den er gekommen war. Er drehte die Musik lauter. Das Metapiano war nicht sicher, wenn er nicht unentdeckt entkommen konnte. Sie wollten sicher die Gründe für seinen Angriff auf den Klavierroboter wissen und sie hatten die Mittel, das herauszufinden.

„Klaviermeister." Die Stimme war lauter, eindringlicher.

„Ja?" Danny dämpfte seine Stimme und sprach durch die Musik hindurch.

"Das Programm beginnt in zehn Minuten."

„Ich weiß. Ich werde da sein."

„Das Musikkomitee wartet darauf, Sie zu begleiten. Wann sind Sie bereit?"

Ihm war die Logik des Anlasses klar. Normalerweise kümmerte sich niemand um den Klavierroboter. Aber dies war ein großes Ereignis und alte Traditionen wurden dafür wiederbelebt. „Ich höre mir die Musik an", sagte Danny. „Ich werde bereit sein."

Er zog dem reglosen Roboter die Kleidung aus. Ein gegabelter schwarzer Mantel und eine lächerliche Schnur um den Hals: die Uniform des Musikroboters. Die Existenz einer solchen Uniform würde ihm helfen. Hastig zog er sich um und warf seine eigene Kleidung in eine Ecke. Er war einen halben Kopf größer als der Klaviermeister und hatte breitere Schultern. Die Ärmel und die Hose waren zu kurz. Er dehnte sie, damit sie passten. Ein weiterer Zoll mehr wäre mehr gewesen, als der Stoff dehnbar gemacht hätte.

Dannys Haar war hellbraun, das des Klaviermeisters eisengrau. Unter Bühnenbeleuchtung würde man es vielleicht nicht bemerken. Er zerzauste sein Haar, um den Standards zu entsprechen.

Hat irgendjemand einem Roboter ins Gesicht geschaut? Danny hoffte nicht; gegen sein Gesicht konnte er nichts tun. Er zerrte den Roboter hinter einen Stuhl und verließ mit maskenhaft ruhiger Miene wie in Trance die Umkleidekabine.

Niemand bemerkte etwas. Nickend führte ihn der Ansager zur Bühne. Das Komitee folgte und setzte sich an eine Seite der Bühne. Bis jetzt war Danny vorbeigekommen.

Er hatte das Programm gelesen und wusste, was passieren würde. Ein einleitendes Klavierkonzert und dann das Ereignis des Abends. Oder vielleicht des Jahrzehnts. Es wurde von einem menschlichen Ansager gesprochen und wahrscheinlich in drei Welten übertragen.

Das Wichtige war die Tonfolge in Flee As A Bird. Wenn sie genau so gespielt würde, wie er sie eingegeben hatte, würde das Metaklavier in Betrieb gehen. Sobald das Publikum es einmal gehört hatte, würde es es nie mit einem anderen Instrument verwechseln.

Aber die Sequenz war lang. Wenn er sie um nur zwei Noten verändern konnte, würde der Schallschalter nicht funktionieren. Es war einen Versuch wert.

Außerhalb des Geheges hielt der Ansager eine Rede. Das Publikum applaudierte und dann war sein Stichwort gegeben.

Er lächelte ironisch. Er hatte nie auf ein Publikum gehofft, und jetzt hatte er eines. Es war ein Debüt, das ihm nicht gefiel.

Er schlug die ersten Takte des Konzerts an. Die Tasten wackelten unter seinen Fingern. Er spielte mit der einfallslosen Kompetenz, die man von einem Musikroboter erwartete.

Es war Zeit für die Trompeten, aber sie kamen nicht. Und die Geigen waren schon lange mit einer Wiederholung seiner Eröffnungsphrase überfällig. Das Orchester sollte mit dem Klavier spielen und tat es nicht. Danny sah das Publikum an; irgendetwas stimmte nicht: sogar sie wussten es. Was war es? Danny warf einen Blick über die Schulter zum Orchester.

Die Roboter standen unbehaglich da und hielten ihre Instrumentenattrappen in Bereitschaft. Von dem in ihren Körpern verborgenen Mechanismus kam kein Laut. Aus irgendeinem Grund konnten sie seiner Führung nicht folgen.

Er ließ einen Zettel aus seinen Fingern gleiten und starrte um sich. Es lief nicht so, wie er es geplant hatte. Der Ansager trat in die Lücke.

"Aufgrund eines unerwarteten technischen Defekts können wir das Konzert nicht wie geplant präsentieren. Es wird eine kurze Verzögerung geben, dann folgt das Hauptereignis des Abends."

improvisiert . Der Ansager wusste nicht , was passiert war. Aber er hatte bemerkt, dass Danny spielte und das Orchester nicht. Es erschien ihm logisch, dass der Fehler beim Orchester und nicht beim Klavier lag.

Eigentlich, so wurde Danny jetzt klar, war es umgekehrt. Der Klavierroboter war der Leiter des Orchesters. Er *war* anders; er koordinierte die Aktivitäten der anderen Roboter, gab ihnen den Rhythmus, ein Ziel. Ob er nun ein besserer Musiker war oder nicht, Danny konnte diese Rolle nicht ausfüllen. Er war ein Mensch, keine Maschine, und sein Verstand funktionierte nicht auf elektronischer Ebene.

Danny blickte zu den Kulissen der Bühne. Egal, was er jetzt tat, er war verloren. Der Roboterklaviermeister stand mit hängenden gebrochenen Armen außerhalb des Blickfelds des Publikums und des Ansagers. Neben ihm stand ein halbes Dutzend Mitglieder der Psychiatrieeinheit.

Das Publikum war unruhig und verwirrt. Obwohl der Saal voll war, war noch Platz für ein paar weitere Männer, die sich leise hineinschlichen und ihre Posten bei den Ausgängen einnahmen. Sie waren wahrscheinlich bewaffnet.

Danny stand am Klavier. Sie waren gekommen, um eine alte Melodie zu hören, und er würde sie ihnen vorspielen. Flee As A Bird To The Mountain. Es war ein Trauermarsch aus New Orleans, und das passte gut. Es war sein Ende als Musiker.

Er ließ die ersten Töne langsam über seine Finger rollen. Die Musik war dreihundert Jahre lang vergraben gewesen und immer noch gut. Sie war nicht durch zu häufiges Hören abgenutzt.

Er schaffte den ersten Refrain und das Publikum hörte zu. Sie wussten es nicht, aber es war menschliche Musik, auf die sie reagierten.

Der Schallschalter schloss sich und das Metapiano übernahm. Danny hatte es gebaut und es war für das Klavier, was das Klavier für ein Cembalo war. Es war ein Einzelinstrument, aber ein Orchester konnte nicht mit ihm konkurrieren. Der Resonanzboden des Originalklaviers war nicht groß genug. Es war so konzipiert, dass es das ganze Gebäude und die Luft darin als vibrierendes Medium nutzte. Er hatte noch nie zuvor die volle Kraft davon genutzt. Aber jetzt tat er es. Jetzt war die Zeit gekommen; er hatte nichts zu verlieren.

Er beendete den Marsch von New Orleans auf dem Metapiano und ließ sie dann hören, was Musik für ihn bedeutete. Seine eigenen Kompositionen, die er in seinem Gedächtnis mit sich herumtrug, denn es war gefährlich, irgendjemanden wissen zu lassen, dass er Musik schreiben konnte. Es war sein Publikum und er wollte ihnen zeigen, was er zuvor verheimlicht hatte. Die Techniker würden nicht geistesgegenwärtig genug sein, ihm die Funkverbindung abzuschneiden.

Er spielte ihnen Harmonien vor, an die niemand gedacht hatte; nicht nur das, was sie hörten, sondern auch das, was sie nicht hören konnten. Obertöne türmten sich über Obertöne, bis der letzte der Reihe für das menschliche Ohr unerreichbar war. Vielleicht auch für die Ohren von Hunden oder Fledermäusen, aber das spielte keine Rolle. Es spielte auch keine Rolle, dass Menschen es nicht hören konnten. Es war da und es beeinflusste sie.

Es berührte die Hörnervenenden und jene Nerven, die nichts mit der Wahrnehmung von Geräuschen zu tun hatten. Es bewegte sich mit der Stille eines Kometen oder zitterte, wie ein explodierender Atomkern ein Atom zerreißt. Vom Großen zum Kleinen und wieder zurück nahm er sie mit auf eine musikalische Reise durch das Universum. Außer dem Eintrittspreis gab es nichts zu bezahlen.

Es war sein erstes Konzert und wahrscheinlich auch sein letztes. Als es vorbei war , lehnte er sich an das Metaklavier; es verstummte und verwandelte sich wieder in das gewöhnliche Instrument.

Das Publikum bewegte sich nicht und gab keinen Laut von sich. Er hatte mit einer Reaktion gerechnet, aber nicht mit dieser. Er hatte gehofft, es würde ihnen gefallen.

Er senkte niedergeschlagen den Kopf. Als er aufsah, hatte sich das Publikum noch immer nicht bewegt. Doch der Klaviermeister stand am Eingang des Geheges. „Die können ersetzt werden", flüsterte der Roboter und streckte seine gebrochenen Hände aus.

Dann sprach der Klaviermeister laut genug, dass es jeder hören konnte: „Ich weiß nichts über Musik. Können Sie es mir beibringen?"

Das war das Signal, auf das das Publikum gewartet hatte; der Applaus kam in Wellen, die nicht aufhören wollten. Er überwältigte Danny und brachte ihn zitternd auf die Beine. Der donnernde Klang wurde immer lauter, bis es schien, als würden die Wände selbst durch die Vibrationen zusammenbrechen. Und dazwischen hörte er einen anschwellenden Chor menschlicher Stimmen, die ein lange vergrabenes, jetzt aber wieder auferstandenes Wort riefen: Bravo! Bravo – *Bravo!*

Ein Lächeln huschte über Dannys angespannte Züge und plötzlich fühlte er sich entspannt; er blickte zur Seite der Bühne, sah den Klavierroboter zustimmend nicken und neben dem Roboter die Psychiatrieeinheit. Die Gesichter hatten ihre Strenge verloren; stattdessen war Ehrfurcht da und, wie Danny sah, Lächeln …

Danny wandte sich wieder dem Publikum und seinem anhaltenden Applaus zu.

Er verneigte sich demütig....